Vikings au défi

Helaine Becker

Illustrations de
Sampar

Texte français de
Claude Cossette

Éditions Scholastic

Catalogage avant publication de Bibliothèque et Archives Canada

Becker, Helaine, 1961-

[Vikings have a field day. Français]

Vikings au défi / Helaine Becker; illustrations de Sampar;
texte français de Claude Cossette

(Les Étoiles de Baie-des-Coucous; 3)
Traduction de : The Vikings have a field day.
ISBN-13 : 978-0-439-94624-7
ISBN-10 : 0-439-94624-7

1. Vikings–Romans, nouvelles, etc. pour la jeunesse. I. Sampar
II. Titre. III. Titre : Vikings have a field day. Français.
IV. Collection : Becker, Helaine, 1961-. Étoiles de Baie-des-Coucous; 3.

PS8553.E295532V5314 2007   jC813'.6   C2006-906785-6

Édition publiée par les Éditions Scholastic,
604, rue King Ouest, Toronto (Ontario) M5V 1E1 CANADA.

6 5 4 3 2 1   Imprimé au Canada   07 08 09 10 11

Table des matières

Chapitre 1

Félix Michaud frissonne en regardant la mer froide et grise qui se soulève et tourbillonne. Il y a plus de mille ans, des Vikings ont traversé ces eaux et débarqué à l'endroit où il se tient maintenant. Félix espère que cela ne se reproduira pas.

— Eh, regardez! lance Nathan Villeneuve.

Félix se retourne et aperçoit son ami perché sur un gros rocher. Il fait semblant

de manier une épée.

— Je suis Leif Eriksson, le formidable conquérant de Vinland!

— Tu es Nathan Villeneuve, le coco de Baie-des-Coucous, badine Audrey Bourgeois, qui, d'un coup de coude, le fait dégringoler du rocher. Mais tu sais ce qui est formidable? Cet endroit. Vraiment impressionnant.

Félix et ses amis de l'école primaire de Baie-des-Coucous font une sortie de classe à L'Anse aux Meadows, là où les Vikings ont bâti le premier établissement européen en Amérique du Nord. Aujourd'hui, un campement viking reconstitué occupe le site.

— Bof, ce ne sont que de stupides huttes de terre, bougonne Félix en donnant un coup de pied dans un caillou, qui plonge dans le ressac.

— As-tu peur que de vrais Vikings apparaissent ici, Félix? demande Audrey.

Félix ne l'avouera jamais, mais bien sûr qu'il a peur. Des gens semblent surgir du passé partout où se trouve le jeune garçon. L'hiver précédent, par exemple, il a été capturé par des pirates. Et voilà quelques mois à peine, il a rencontré deux chevaliers qui voulaient se battre en duel. Il n'a donc pas vraiment envie de traîner près d'un campement viking.

— Moi? M'inquiéter à cause d'une bande de crétins norvégiens? s'écrie-t-il. Ce ne sont pas quelques barbares qui vont nous faire perdre les pédales, à nous, les Étoiles de Baie-des-Coucous.

— Ouais, parce qu'on n'a pas les deux pieds dans la même bottine, renchérit Nathan. Regardez ça!

Prenant son élan, il exécute un incroyable saut en longueur. Il atterrit à côté de Félix et lui assène une claque dans le dos.

— Je suis content de voir que tu es redevenu toi-même. Tu as été de très mauvaise humeur pendant tout le voyage jusqu'ici. Ce n'est pas comme ça que tu vas renforcer le moral de ton équipe d'athlétisme, capitaine. N'oublie pas que nous devons affronter les Maraudeurs la semaine prochaine!

— Peut-être qu'il a été assis trop longtemps, dit Audrey d'un ton taquin.

Elle donne un coup de coude amical dans les côtes de Félix et se sauve en courant.

— C'est le sprint de cent mètres! Essayez de m'attraper!

Nathan et Félix se lancent à ses

trousses en criant à tue-tête comme des guerriers vikings. Les trois amis arrivent au centre d'accueil juste à temps pour le début de leur visite guidée.

Tandis qu'ils descendent la pente menant au site reconstitué des Vikings,

Félix sort sa pièce porte-bonheur de sa poche. Il se souvient du jour où il l'a trouvée à la patinoire. En fait, c'est le jour où il a été capturé par des pirates. Peu de temps après, lors d'une sortie scolaire, il a apporté sa pièce de monnaie au Musée du Moyen Âge. Il espérait qu'un spécialiste de l'histoire pourrait lui en apprendre davantage à son sujet. Mais les chevaliers avaient surgi de nulle part et Félix avait dû s'occuper de cette affaire. Il se demande maintenant si l'un des historiens de L'Anse aux Meadows en connaîtrait l'origine.

La pièce de monnaie est dorée mais ne brille pas. D'un côté, il y a un motif de lion et de l'autre, celui d'une licorne… *Mais est-ce bien cela?*

Félix scrute la pièce en la retournant dans sa main. Il n'y a pas de licorne. Ni de

lion. Au lieu de cela, d'étranges lettres d'un côté et une hache de guerre de l'autre.

Bizarre, se dit Félix, *j'aurais juré qu'il y avait une licorne et un lion…*

Tout à ses pensées, il ralentit le pas. Est-ce que sa mémoire lui joue des tours, ou la pièce a-t-elle vraiment changé? Et si elle a changé, alors pourquoi?

Regardant fixement la pièce, Félix réfléchit de toutes ses forces. Il aimerait vraiment savoir d'où elle provient. Il lève les yeux pour s'adresser à Nathan et s'aperçoit qu'il est seul. Le groupe a poursuivi son chemin sans lui.

— Oh, non, dit Félix, tout le monde est parti.

C'est alors qu'une corde l'attrape par le cou et qu'une voix lui siffle à l'oreille :

— Ils t'ont peut-être échappé, *Skraeling*. Mais toi, tu ne m'échapperas pas.

Chapitre 2

— Lâchez-moi! crie Félix d'une voix étouffée, car la corde lui serre la gorge.

Il se retourne pour voir qui l'a capturé. C'est exactement ce que Félix craignait : un grand Viking à l'allure imposante tient l'autre bout de la corde. Et maintenant, il traîne le jeune garçon vers un navire.

— Pas question, ami guerrier, répond le Viking.

— Je ne suis pas un guerrier, réplique
Félix. Je suis juste un enfant.

— Bah! fait le Viking, je sais que vous,
les Skraelings, êtes de petite taille. Mais
vous êtes redoutables aussi, comme les
géants qui habitent à Valhalla, *ja*?

— Je ne sais même pas ce que c'est,
un Skraeling! s'exclame Félix. Parole
d'honneur!

Le Viking s'arrête brusquement, puis se
tourne vers Félix et l'examine de près.

— Si tu n'es pas un Skraeling, alors qu'est-ce que tu es?

Félix bafouille toujours quand il est nerveux.

— Je suis un garçon, un Terre-Neuvien et un Canadien. J'habite plus bas sur la côte, à Baie-des-Coucous. Je suis le capitaine des Étoiles de Baie-des-Coucous, une équipe d'athlétisme, et je suis aussi champion du saut en hauteur de notre école…

— Mmmm… grogne le Viking. Tu dis

peut-être la vérité, mais je dois être prudent. Les Skraelings sont les ennemis mortels de mon peuple. Ils nous pourchassent partout sur ces eaux. Les connais-tu?

— Jamais entendu parler. Ils ont dû apprendre que les Vikings étaient revenus et ont décidé de partir, dit Félix. Parlant de partir, je ferais mieux d'y aller…

Il donne un coup sec sur la corde pour tenter de la dégager du poing du Viking.

Mais le Viking ne lâche pas prise.

— Je t'aime bien, mon garçon, dit-il en souriant. Tu as l'esprit de Loki, le dieu malicieux. Quel est ton nom?

— Félix Michaud. Et vous, qui êtes-vous?

— Leif Eriksson.

Les yeux de Félix lui sortent presque des orbites.

— Vous êtes Leif Eriksson? Le *vrai* Leif Eriksson?

— Ainsi, la tribu de Baie-des-Coucous connaît mon nom? Voilà qui est flatteur. Viens, il faut que tu me parles un peu plus de ton peuple. Tu seras mon hôte et nous préparerons un festin en ton honneur ce soir, *ja*? Tu ne peux pas refuser l'hospitalité d'un Viking.

La voix de Leif est plus menaçante qu'invitante.

Félix avale avec difficulté. Bien qu'il n'ait pas du tout faim, il décide d'accepter l'invitation.

— Mes hommes sont partis à la chasse, mais ils vont revenir bientôt, dit Leif, au moment où Félix et lui montent à bord du navire. Il nous faut des provisions dans la longue maison pour commencer notre saison ici. Nous allons aussi pêcher

et couper du bois. Et cueillir des raisins.
Les gens de mon pays adorent les raisins.

— Hum, Leif, réplique Félix, ça fait pas
mal longtemps que les raisins ne
poussent plus par ici.

— Il est évident que je connais ce
pays beaucoup mieux que toi. L'an
dernier, nous sommes retournés chez
nous avec une cargaison de raisins séchés
si grande qu'au Groenland, ils s'en sont

régalés pendant toute l'année. Comment expliques-tu cela?

Félix soupire. Il n'aime pas apprendre la vérité à ses visiteurs d'un autre temps, c'est-à-dire qu'ils ont été mystérieusement transportés dans le futur. Que tout ce qu'ils connaissaient a disparu. Et que le monde est différent – très différent.

Leif réagit mieux que la plupart des

autres. Il pleure comme un bébé pendant quinze minutes environ, puis il s'essuie les yeux sur sa chemise de lin et repousse ses cheveux blonds de son visage.

— Pas de raisins? demande-t-il en reniflant.

— Non.

— Pas de bois? gémit-il.

— Il y a beaucoup de lichen, fait remarquer Félix.

Soudain, le visage de Leif s'éclaire.

— Pas de Skraelings non plus? s'informe-t-il d'une voix tremblante d'espoir.

— Pas un seul, confirme Félix.

Leif saute sur ses pieds et beugle :

— Alors ce pays est à moi! À moi, et rien qu'à moi!

— Pas exactement, marmonne Félix.

— Pourquoi pas? demande Leif, vexé.

Mes longues maisons sont ici, *ja*? Ma forge aussi. J'ai découvert ce territoire, j'ai revendiqué ce territoire, et je me trouve aujourd'hui sur ce territoire. Il m'appartient.

— Allez dire ça au gouvernement canadien, réplique Félix. C'est lui qui a reconstruit l'endroit.

— Quel est ce mot, « canadien »? dit Leif en plissant les yeux. C'est la deuxième fois que tu le mentionnes. Tu as dit que tu étais canadien, je m'en souviens. Alors fais-tu partie de ces Canadiens qui revendiquent ce territoire?

— Non, je veux dire, oui, mais . . . Voyons, Leif! Je suis seulement un enfant!

— Alors tu feras un bon otage jusqu'à ce que je trouve quelqu'un contre qui me battre pour ce territoire. Je ne céderai pas sans combat.

Leif attrape Félix et l'attache au mât.

— Qu'est-ce que vous faites du festin? Et de l'hospitalité viking? objecte Félix.

— Rassure-toi, mon garçon, il y aura bel et bien un festin. Quand Vinland sera à moi. Quant à savoir si tu seras toujours en vie pour le partager, seul le temps nous le dira.

Chapitre 3

Félix est toujours ligoté quand l'équipage de Leif revient. Il compte 34 hommes. Et tous sentent mauvais.

Leif convoque un conseil et les Vikings s'attroupent autour de lui pour entendre ce qu'il a à dire. Leur chef parle longtemps, très longtemps. La partie de son exposé que préfère Félix est celle où il dit : « On ne fera pas de mal à l'otage. »

Thorvald, qui a deux dents pourries et

un nez en forme de boulette de viande
suédoise, n'est pas d'accord.

— Ah, Leif! Est-ce qu'on ne pourrait
pas l'utiliser pour aiguiser nos haches de
guerre?

— Ou pour nous entraîner au lancer du
couteau? demande Ingmar, un Viking dont
la tête a la forme d'une pâtisserie danoise.

— Non! réplique Leif. La nuit va bientôt
tomber, *ja*? C'est le temps de préparer la
longue maison si vous ne voulez pas
passer une autre nuit à bord du bateau.

— Oui, ajoute Ingmar, on empeste quand on passe beaucoup de temps à bord d'un bateau.

Félix reste bouche bée en voyant Thorvald sortir une bouteille d'eau de lavande.

— Je pensais que les Vikings étaient sales et dégueulasses, s'exclame-t-il sans réfléchir.

— Quoi? s'indigne Leif. Tu sauras que nous, Vikings, sommes très méticuleux quand il s'agit de propreté. Nous n'aimons pas les gens qui puent.

— Certainement pas! ajoute Thorvald en approchant son visage de celui de Félix. Dites donc, ce jeune garçon semble lui-même un peu « odorant »! As-tu brossé tes dents ce matin? demande-t-il en plissant les yeux.

— Avec de la *pâte dentifrice*?

enchaîne Ingmar.

— Ça suffit! Grouillez-vous maintenant! ordonne Leif à son équipage. C'est l'heure de se bichonner!

Tandis que les Vikings attrapent savon et serviette, Félix réfléchit à toute allure. Cela fait déjà un bon moment qu'il n'a pas vu ses camarades de classe. Se peut-il qu'ils soient à sa recherche avec leur enseignant? Et si jamais les Vikings les voient? Vont-ils faire ce qu'ils font le mieux : massacrer ceux qui croisent leur chemin? Félix doit absolument empêcher cela.

— Attendez! lance-t-il. Si vous allez là-bas maintenant, hum… des trolls vont vous attraper! Dans ce pays, on s'en sert comme gardes. Restez à bord cette nuit, là où les esprits ne peuvent pas s'aventurer. Demain matin très tôt, je vais faire des

arrangements pour que vous puissiez
vous mesurer aux Canadiens. Mais je dois
vous dire une chose : vous n'allez pas les
battre avec vos armes. Les haches de
guerre sont très démodées, vous savez.
On ne les utilise plus par ici depuis 1106.

Un murmure sinistre parcourt
l'équipage. Félix croit entendre Ingmar

marmonner quelque chose à propos de
« perles de bain » et d'injustice. Le jeune
garçon poursuit, tout en espérant qu'il
n'est pas sur le point d'être transformé en
pâté de viande norvégien.

— Mais les Canadiens adorent une
bonne compétition et les concours de
force et d'agilité.

— Comme celui qui peut sauter le plus haut? demande Thorvald.

— Et courir le plus vite? ajoute Ingmar.

— Et manger le plus, dit Félix en hochant la tête.

— Ça me semble intéressant, déclare Leif. Nous aimons ce genre de concours.

— Alors c'est entendu, conclut Félix. Je vais fournir les compétiteurs.

Leif et Félix passent la majeure partie de la nuit à discuter des épreuves de la rencontre. Finalement, ils s'entendent sur cinq épreuves : le saut en longueur, le saut en hauteur, le lancer de la hache de guerre, le sprint de cent mètres et le lever du rondin. Maintenant, Félix n'a plus qu'à informer ses copains qu'ils ont été inscrits à une rencontre d'athlétisme – et que l'avenir de Terre-Neuve dépend du pointage final.

Chapitre
4

À l'aube, Leif libère Félix et l'envoie préparer la compétition. Les camarades du jeune garçon sont installés sur un terrain de camping, à proximité.

Félix entre en rampant dans la tente de Nathan, qu'il trouve endormi et ronflant très fort. Il pose la main sur la bouche de son ami, qui se réveille en sursaut.

— Chut! fait Félix. C'est moi. Tu ne

devineras jamais ce qui m'est arrivé.

Nathan repousse la main de Félix et s'assoit.

— Laisse-moi essayer. Tu as été kidnappé par des Vikings, dit-il avec une

pointe d'ironie. Et maintenant, il faut que, voyons voir… qu'on se batte pour te libérer?

— Oui, et aussi pour déterminer à qui ira L'Anse aux Meadows.

— Super, dit Nathan, qui roule les yeux et se jette sur son sac de couchage. Pourquoi faut-il toujours que tu tombes sur des voyageurs du temps… des voyageurs *armés* en plus? Ne pourrais-tu pas tomber sur, je ne sais pas, Laura Secord, par exemple? *Elle*, au moins, n'aurait qu'une vache et une boîte de chocolats.

— Je pense que c'est à cause de cette pièce de monnaie, dit Félix en la mettant sous le nez de Nathan. Elle doit avoir quelque chose de magique. Ses deux faces changent constamment, tu vois?

Nathan saisit la pièce et frotte du doigt les mystérieuses images.

— Bizarroïde… grogne-t-il. Qu'est-ce qu'on doit faire cette fois? ajoute-t-il avec un soupir.

— Juste un peu d'athlétisme, répond

Félix. Pas trop difficile, hein?

— Je suppose que non. Pourvu qu'on n'ait pas à lancer des haches de guerre ni à participer à des épreuves qui exigent beaucoup de force.

— Euh... fait Félix.

— Non... tu n'as pas fait ça! s'écrie Nathan en se frappant le front avec la paume de la main.

— J'ai dû accepter un compromis, s'excuse Félix, l'air penaud. Mais j'ai réussi à inclure ta meilleure épreuve – le saut en longueur. Tu vas gagner là-dedans, c'est certain.

— Qui est censé lancer la hache de guerre? demande Nathan.

— Euh... tu es un as du disque volant, non?

Nathan se frappe le front une autre fois.

— Odin, donne-moi de la force.

Chapitre 5

Quelques heures plus tard, Félix conduit les Vikings à Norstead, un village viking historique où des acteurs costumés recréent le mode de vie des habitants d'il y a un millier d'années. C'est la prochaine étape de la visite organisée par l'école de Baie-des-Coucous, et Félix espère qu'à cet endroit, les vrais Vikings n'attireront pas trop l'attention. Il espère aussi donner l'impression aux visiteurs que la compétition fait partie de la reconstitution.

— Bon, pourquoi n'allez-vous pas là-bas?
dit Félix en indiquant un mur de pierres
près d'une tourbière. Vous pourrez vous
préparer en vue de la rencontre. Pendant
ce temps, je vais chercher mes coéquipiers.

— Nous nous reverrons bientôt, *ja*,
Michaud? lance Leif. Si vous ne venez pas,
cela voudra dire que vous abandonnez ce

territoire. Et alors, il m'appartiendra.

— On y sera, affirme Félix. Mais vous
pouvez changer d'idée et rentrer au
Groenland en bateau, si vous le voulez…

— Nous n'abandonnerons jamais!
déclare Leif, avant de se diriger vers la
tourbière, en compagnie de ses hommes.

Félix va vérifier si sa classe est arrivée.
Il reconnaît l'autobus de Baie-des-
Coucous parmi ceux qui sont stationnés
sur le terrain. Puis il remarque un
emblème sur un autre autobus et pousse

un grognement. C'est celui de l'école de Baie-Trinité, là où habitent les ennemis numéro un des Étoiles : les Maraudeurs!

Félix trouve ses amis et leur fait part de la nouvelle.

— Tu veux dire qu'on va devoir affronter les Vikings *et* les Maraudeurs aujourd'hui? demande Audrey, incrédule.

— Ne t'inquiète pas, dit Félix, tout ira bien.

— Ouais, facile à dire, rétorque Audrey en roulant les yeux.

Nathan a déjà mis Audrey et les autres au courant de la situation de Félix. Les membres de l'équipe se rassemblent pour élaborer leur stratégie. Ils viennent à peine de terminer leur plan qu'ils voient les Vikings traverser la tourbière. Un moment plus tard, ces derniers pénètrent dans le village.

Leif interpelle Félix, puis écarquille les yeux. Un large sourire apparaît sur son visage.

— Mais ils vivent comme des rois ici! s'exclame-t-il.

— C'est comme chez nous, mais en mieux! s'émerveille Thorvald.

— Ouais – et il y a des *filles* vikings! lance Ingmar tout emballé. Jolies, et bien astiquées à part ça!

— En fait, ce sont des Canadiennes, fait remarquer Félix. Et puis après? Ce ne sont que des filles. Bon, commençons la compétition. Thorvald, vous courez le cent mètres contre notre gars le plus rapide – Raphaël Goudreau. Êtes-vous prêts, tous les deux?

Raphaël fait un pas en avant.

— Je suis prêt.

Thorvald s'étire les muscles des jambes.

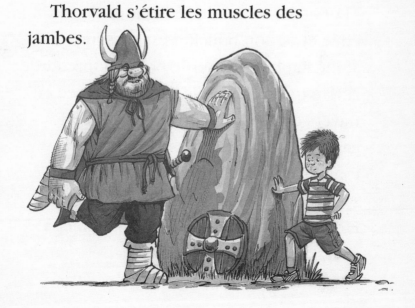

— Prêt, dit-il.

— Alors allons-y, dit Félix. Audrey a déjà délimité la piste. À vos marques…

Thorvald et Raphaël se placent sur la ligne de départ en se lançant des regards mauvais.

— Prêts… crie Félix. Partez!

Thorvald est plus gros et plus fort, mais Raphaël est plus rapide. Le fait que Thorvald a refusé de se départir de son épée et de son bouclier est aussi un atout. Raphaël est sur le point de prendre la tête quand Thorvald place son épée en travers de son chemin, forçant le jeune garçon à sauter par-dessus avant de tomber. Pour lui, l'épreuve devient soudain une course d'obstacles. Les Étoiles huent le Viking. Leif, lui, se met à rire.

— Pour gagner, il ne faut pas

seulement être rapide, dit-il. Il faut aussi être rusé, *ja?*

Thorvald lève son épée en l'air à la ligne d'arrivée.

— Je te défie de dire que je ne suis pas le vainqueur!

Les Vikings mènent 1 à 0.

Ensuite vient le lancer de la hache de guerre. Nathan a beaucoup de difficulté à soulever l'arme, qui pèse une tonne.

— Félix, tu aurais pu choisir le lancer du javelot, gémit Nathan.

Ingmar se place sur la marque. Il commence à tourner sur lui-même, prend de la vitesse, puis lâche la hache. Celle-ci plane dans les airs et atterrit près d'un kilomètre plus loin, dans une talle de bleuets.

Les Vikings laissent échapper un grognement collectif.

— Oups, fait Ingmar, je ne suis pas très
en forme aujourd'hui.

Nathan avance vers la marque en
traînant sa hache de guerre. Il réussit à la
soulever jusqu'à la hauteur de ses
épaules, au prix d'un énorme effort.

Les Étoiles applaudissent leur camarade pour le motiver et crient :

— Tu vas y arriver!

Puis ils se mettent à compter avec enthousiasme pour l'encourager à continuer.

À un, Nathan se met à tourner sur lui-même. À deux, il continue à tourner et tourner… sans pouvoir s'arrêter!

À trois, Nathan, tout étourdi, tombe par terre.

La hache lui glisse des mains et, avec un bruit sourd, retombe à ses pieds.

Son « lancer » a parcouru une longueur incroyable de… 14 centimètres.

Les Vikings mènent

maintenant par un compte de 2 à 0.

La troisième épreuve est le saut en
hauteur, Leif contre Félix.

C'est Félix qui commence. Il a
demandé à ses amis de fixer la barre à sa
hauteur record. Il prend d'abord une
grande inspiration, puis s'élance.

Félix sent le vent dans ses cheveux.
Sous ses pieds, le sol est si moelleux qu'il
a l'impression de voler. Il atteint la barre
et la franchit aisément. Il a battu son
propre record!

C'est maintenant le tour de Leif. Tout comme Thorvald, il a refusé d'enlever son épée et son bouclier. Mais il est tellement grand que la barre lui arrive tout juste à la taille.

Leif saute facilement par-dessus, comme s'il s'agissait d'un caillou sur le trottoir.

Audrey et Nathan montent la barre de quelques centimètres. Le cœur de Félix bat à tout rompre. Il prend une autre inspiration profonde, puis fonce vers la barre. Toute sa concentration est fixée sur le saut. Et *hop!* c'est réussi!

Leif s'élance à son tour. Il court avec souplesse et facilité. Tout laisse croire qu'il va facilement franchir la barre, mais, au dernier moment, son épée, qui pend à son côté, heurte la barre et la décroche de son support. Félix a gagné!

Vikings 2, Étoiles 1.

L'épreuve suivante est le saut en longueur.

Nathan est impatient de se rattraper, après l'humiliation qu'il a subie avec la hache de guerre.

Leif se place à côté de Nathan, puis,

avec soin, il enlève son épée, son bouclier et son casque.

— Je ne vais pas manquer une autre épreuve, dit-il en serrant les dents.

— Moi non plus, rétorque Nathan en sautant sur place pour s'échauffer les jambes.

Quand Félix crie : « Vas-y! », Nathan

s'élance. Lorsqu'il atteint la marque, il fait un grand saut et plane dans les airs en agitant les jambes et les bras comme s'il courait toujours sur le sol. Puis il touche terre et ses pieds s'enfoncent dans le sol bourbeux, y laissant une empreinte bien nette.

— Bravo! s'écrient les Étoiles.

C'était un saut éblouissant!

Au tour de Leif de s'élancer. Il dévale la piste et s'élève dans les airs. Il semble rester suspendu là pendant une éternité. Quand il redescend enfin, ses talons atterrissent à un cheveu de la marque de Nathan – à un cheveu *derrière* la marque!

Le pointage est égal!

C'est maintenant l'épreuve finale : le lever du rondin. Il y en a une pile à côté de l'atelier du charpentier. Leif soulève un lourd rondin du sol et déclare qu'il est parfait.

Le cœur de Félix se serre pendant que Laurie Crochet étudie le rondin. La circonférence du poteau est égale à la taille de la jeune fille et fait deux fois sa hauteur. Laurie est une superbe athlète, mais Félix doute qu'elle puisse faire bouger le rondin, encore moins le soulever au-dessus de sa tête.

Tout à coup, les Vikings deviennent fous furieux et se mettent à pousser leur terrifiant cri de guerre. Affolés, Félix et ses amis courent se mettre à l'abri en hurlant, eux aussi. Mais soudain, ils se rendent compte que les Vikings courent dans la direction opposée et se dirigent vers la plage en agitant leur épée frénétiquement au-dessus de leur tête.

Quatre petits kayaks viennent d'entrer dans la baie, et chacun transporte quatre ou cinq guerriers équipés de lances et de harpons.

Des Skraelings!

Chapitre
6

Les Étoiles de Baie-des-Coucous se précipitent vers la plage à leur tour. Les Vikings avancent maintenant dans l'eau, leurs épées scintillant au soleil. Les flèches tirées par les Skraelings volent vers eux. Les Étoiles reculent de quelques pas.

Une guide, dont le porte-nom indique qu'elle se nomme Mandy, conduit un groupe d'élèves vers la plage.

— Ici, vous pouvez voir un combat entre des Vikings et des autochtones de la culture de Dorset. Ce groupe autochtone a complètement disparu vers l'an 1100. On a donné leur nom au Cap Dorset. L'affrontement ne devait pas avoir lieu avant 14 h, mais bon, j'imagine qu'on a changé l'horaire sans m'en avertir. En tout cas, les Vikings appelaient les autochtones « Skraelings », ce qui, dans leur langue, voulait dire quelque chose comme « mince » ou « petit ».

— Moi, je trouve qu'ils ont l'air plutôt costauds, déclare Nathan. Est-ce qu'on devrait faire quelque chose?

— Comme quoi? demande Félix. Leur dire de jouer gentiment?

Quelqu'un bouscule Félix par-derrière.

— Tu veux toujours jouer gentiment, hein, Michaud? C'est parce que les Étoiles ne sont pas assez solides pour affronter les durs.

C'est Simon, le rival de Félix et le capitaine des Maraudeurs de Baie-Trinité!

Il est flanqué de ses deux meilleurs amis, Sébastien Tremblay et Éric Giguère, qui rient comme des orangs-outans.

— Fiche-moi la paix, Simon! lance Félix.

— Tu me cherches? dit Simon en bousculant Félix de nouveau.

— Doucement! fait Nathan en se plaçant entre les deux garçons. On n'est

pas des barbares. Si vous avez quelque chose à régler, ça se fera sur la piste.

— Bien sûr, se moque Simon. On sait que vous courez vite, surtout quand vient le temps de vous sauver!

Sébastien et Éric ricanent.

— Bien dit.

— Ah oui? intervient Laurie. Si je me souviens bien, ce n'est pas ce qui est arrivé quand on vous a écrasés au hockey.

Les Étoiles de Baie-des-Coucous se serrent les coudes.

— Ou quand on vous a démolis à la crosse, renchérit Raphaël.

— On dirait que les Bébés-de-Trinité ont une mémoire sélective, ajoute Félix en croisant les bras d'un air provocant.

— OK, laisse tomber Simon en ricanant, on vous lance un défi! Course de relais à quatre. Préparez-vous à mordre la poussière.

— Rendez-vous dans une heure, derrière la longue maison, dit Félix. Ne soyez pas en retard.

Simon renifle bruyamment, puis s'éloigne d'un pas nonchalant. Sébastien et Éric le suivent comme deux petits chiens.

Une clameur monte de la foule derrière les Étoiles qui se retournent juste à temps pour voir les Skraelings s'éloigner en pagayant.

— Les Vikings ont gagné! s'exclame Nathan.

— Espérons qu'ils vont nous passer un peu de leur chance, dit Félix. On en aura bien besoin.

Chapitre
7

Félix félicite Leif et lui explique la
situation.

— ... on a donc un compte à régler
avec les Maraudeurs et on va le faire dans
une course de relais, dit-il pour conclure.

— Ce serait plus simple si mes
hommes les massacraient, *ja*?

— Non, Leif. Je vous ai déjà dit qu'on
ne règle plus les disputes de cette façon,
ici.

— Les Skraelings ne semblent pas le savoir, fait remarquer Leif.

— C'est parce que ces Skraelings-là venaient de votre époque, Leif. Ils sont arrivés ici de la même manière que vous. Ils ne peuvent plus retourner d'où ils viennent.

— Mais s'ils sont ici pour toujours, poursuit Leif en réfléchissant, comment les villageois paisibles qui vivent dans ce campement riche et confortable vont-ils pouvoir se défendre?

— Bonne question, répond Félix.

Leif se lève en tapant ses cuisses et appelle ses hommes.

— Mes amis, nous, les Vikings, devons rester et protéger ces villageois contre les Skraelings. Nous ne pouvons pas laisser des filles bien astiquées se faire harponner, *ja*?

— *Ja!* s'écrient les Vikings.

— Alors, vous ne voulez plus combattre pour le territoire? demande Félix.

— Non. Si nous restons, nous devons adopter les nouvelles façons de faire, déclare Leif. Nous protégerons les villageois contre ceux qui ont conservé les anciennes.

— Alors, dans ce cas, il faut qu'on se prépare à affronter les Maraudeurs, dit Félix.

— Puisse Odin vous donner des pieds agiles, lui souhaite Leif en lui donnant une tape dans le dos.

Chapitre 8

Une heure plus tard, Félix et les Étoiles de Baie-des-Coucous se rassemblent derrière la longue maison. Leif et ses hommes se tiennent à côté, prêts à intervenir pour que la course se déroule selon les règles.

Simon tourne au coin de la maison, entouré de Sébastien, Éric et Raoul « le rat » Robitaille.

— On commence, lâche-t-il.

Leif donne des bâtons à Nathan et à Simon.

— Les premiers coureurs se rendent jusqu'aux talles de bleuets et reviennent, *ja*? En arrivant ici, vous passez votre « témoin » à votre coéquipier. Vous continuez jusqu'à ce que les quatre membres de votre équipe aient couru. La première équipe à terminer la course gagne! Alors… à vos marques!

Nathan et Simon vont se placer en position.

— Prêts!

Les deux garçons se penchent, leurs jointures enfoncées dans la poussière, la jambe droite allongée derrière.

— Partez!

Nathan prend la tête dès le départ, mais Simon le talonne. Nathan prend toutefois un peu plus d'avance en contournant les bleuets et revient bon premier à la ligne d'arrivée. Il passe son témoin à Laurie.

Laurie est avantagée par rapport à Sébastien, mais celui-ci s'élance comme une fusée. Tous deux sont à égalité quand ils passent leur témoin à Éric et Audrey.

Les deux concurrents filent à toute allure. Au moment où ils contournent les talles de bleuts, Audrey trébuche sur une ronce. Elle perd l'équilibre une fraction de seconde, mais parvient à se remettre sur pied. Éric en profite pour prendre les devants. Lorsqu'il donne son témoin à Raoul, Audrey a encore trois enjambées à faire.

— Vas-y, vas-y! scande Audrey en

remettant le témoin à Félix. Tu peux le
rattraper!

Félix va chercher au plus profond de
lui-même le surplus d'énergie qui lui
permettra d'aller encore plus vite. Il court
de toutes ses forces. Son cœur martèle sa
poitrine et ses poumons semblent vouloir
se déchirer. Un centimètre à la fois, il
resserre l'écart qui le sépare de Raoul.

Il rattrape enfin l'autre garçon près des
bleuets. Les deux se bousculent en

prenant la courbe. Puis Raoul le rat pousse Félix et part en trombe!

— Hé! s'écrie Ingmar, ce n'est pas ce que j'appellerais de bonnes manières, *ja*?

Raoul regarde par-dessus son épaule et aperçoit le Viking costaud qui fonce sur lui. Raoul file plus vite encore, mais pas en direction de la ligne d'arrivée… Il court vers le bureau de la sécurité du centre d'accueil!

— Alors, qui est-ce qui se sauve, hein? raille Nathan.

Félix traverse seul la ligne d'arrivée.

— Hourra! clament les Étoiles. On a gagné!

Simon fulmine.

— Attendez la prochaine fois, dit-il, quand vos brutes ne seront plus là pour vous aider.

— Ne t'inquiète pas, réplique Félix.

Tant que vous ne tricherez pas, nous jouerons gentiment. Qu'est-ce que vous en dites, les Étoiles?

— *Ja!* s'écrient ses camarades. *Ja! Ja! Ja!*

— *Ja!* renchérit Leif. Maintenant, allons célébrer votre victoire par un festin!